사과를 내밀다

실천시선 204

사과를 내밀다

2012년 11월 21일 1판 1쇄 펴냄
2015년 7월 15일 1판 3쇄 펴냄

지은이   맹문재
펴낸이   김남일
편집   이호석, 박성아, 이승한
디자인   김현주
관리 · 영업 김태일, 박윤혜

펴낸곳   (주)실천문학
등록   10-1221호(1995.10.26.)
주소   서울특별시 마포구 월드컵로10길 48 501호(서교동, 동궁빌딩)
전화   322-2161~5
팩스   322-2166
홈페이지   www.silcheon.com

ⓒ 맹문재, 2012

ISBN 978-89-392-2204-5 03810

이 도서의 국립중앙도서관 출판시도서목록(CIP)은
e-CIP홈페이지(http://www.nl.go.kr/ecip)와
국가자료공동목록시스템(http://www.nl.go.kr/
kolisnet)에서 이용하실 수 있습니다.
(CIP제어번호:CIP2012005159)

실천시선
204

사과를 내밀다

맹문재

실천문학사

차례

제1부

제2부

제3부

제4부

제
1
부

잘생겼지요?

돛이네,

고개를 갸우뚱거리던 마음이 툭 던지는 것이었다

그제야 눈썹이 보였다

먼 길을 항해하는구나

꿈을 달고 가는구나

책을 읽는다고 말하지 않겠다

책(冊)이란 한자를 찾다 보니
부수로 경(冂)이 쓰이는 것을 알았다
옛날 사람들은 자신이 살아가는 지역을 읍(邑)이라 했고
읍의 바깥 지역을 교(郊)라 했고
교의 바깥 지역을 야(野)라 했고
야의 바깥 지역을 림(林)이라 했고
림의 바깥 지역을 경(冂)이라 했다고 한다
그러므로 책을 둘러싸고 있는 경계선은
내 시야가 닿기 어려운 거리이다
나는 책을 읽어서는 세상을 볼 수 없다고 믿어왔는데
책의 경계선 안에
산도 강도 들도 짐승도
사람도 시장도 지천인 것을 오늘에서야 알았다
칸트는 평생 동안 백 리 밖을 나가지 않고
서재에서 보냈다고 한다
결혼도 하지 않고
시계와 같이 책을 읽었다는 것이다

벌써 백 리 밖을 벗어났고
들쑥날쑥 살아가고 있으므로
나는 책을 읽었다고 말하면 안 되겠다
책을 읽는다고 말하지 않겠다
다만 책이 넓다는 것을 깨달았으니
보이는 데까지만 걸어가야겠다

시인

당숙이 나를 한 여자 앞에 앉혔다
소위 큰손이라는 이였다
집을 수십 채 가지고 있기에
이번 일을 잘하면 기회를 잡는다고 했다
당숙은 시인을 모르면서
조카가 대단한 글을 쓴다고 사람들에게 자랑하다가
몇 다리 건너 아는 여자에게까지
데리고 온 것이다
없는 집안에 태어나 집 한 채를 가지지 못했다고
조카를 안쓰럽게 여기다가
마침내 좋아하는 것이다

부동산 전술가인 여자는
정계로 진출할 꿈을 가지고 있었다
내가 문학박사이고 대학교수인 점을 얹어
자신의 자서전에
집 한 채를 얹겠다고 했다

당숙은 내 손을 잡았다

나는 시인의 손을 잡았다

하나님의 등을 떠밀다

열한 살 아이가 수술실에 들어가는 순간부터
나는 아득한 길 위에 서 있었다
손사래에서 포옹까지
불안에서 왕성한 웃음까지
아랑곳없음에서 다행까지
나 혼자 걷기에는 너무 멀다고 느꼈다
한마디가 운명을 되돌릴 수 있고
한 손이 운명을 붙잡을 수 있겠지만
질서가 아님을 깨달은 것이다
그리하여 아이의 엄마가 수술실에 들어가는 것을
이모가 뒤따르는 것을
할머니와 할아버지가 달려가는 것을
삼촌이 파고드는 것을
막지 않았다
오히려 나의 먼 길에 그림자가 되어달라고
실직자인 고모도
고모가 들고 다니던 도시락 가방도

가방에 붙은 가냘픈 벚꽃도
벚꽃 둘레에서 부산을 떨고 있는 벌들도
수술실에 밀어 넣었다
벌들을 품은 하늘도
하늘의 옷을 입고 있는 하나님도
돌다리 앞에서 등을 보이고 있는 부처님도 떠밀었다

어머니를 울리다

이모님 댁에 왔다가 시골로 가시려는 어머니를 붙들었
지만
상 한번 차리지 못했다
백 년 만에 처음이라고 텔레비전이 떠들어대듯
눈이 너무 오기도 했지만
직장 일을 핑계로 늦게 들어오느라고
외식 한번 못했다
그렇지만 제대로 씻지 않는다고
공부를 안 한다고
아이들 야단치는 일은 빠트리지 않았다
씀씀이가 헤프다고
아내를 탓하는 버릇도 숨기지 않았다
뛰는 집값이며
노동자를 패는 경찰들을 욕하느라고
집안을 긴장시켰다
어머니가 얼른 내려가고 싶다고 할 때마다
동네 사람들이 아들 흉본다고

붙들어놓고도 설쳐댔다
하루 종일 양계장의 닭처럼 갇혀 있던 어머니가
새우잠을 자는 밤
어디선가 청개구리 울음이 들렸다

시집

"증말 저런 데 살아봤으면 소원이 읎겠네. 나는 글쎄 지
하에 산다고."

출근 버스를 기다리며 서 있는 내게
머리카락을 연탄재같이 날리며 다가온 할머니

나는 얼굴을 쳐다볼 수가 없어
할머니가 가리키는 손짓을 따라 아파트들을 바라보다가
투르게네프의 「거지」를 중얼거렸다

"용서하시오, 형제. 아무것도 가진 것이 없구려."

동냥을 청하는 거지에게 주려고
호주머니며 지갑을 뒤졌지만
손수건마저 없었을 때 느꼈던 투르게네프의 심정이 어
떠했을까?

"용서하세요, 할머니. 가진 것이 없네요."
나는 말하지 못했다

가방 속에 시집이 들어 있었던 것이다

아버지가 이르신다

마을 이장이 농자금 추천을 자기 편 사람들만 한다고 이르신다
중풍 때문인지 손발이 뻣뻣하다고 이르신다
시제가 제대로 안 된다고 이르신다
다 캐지 않은 도라지 밭을 땅 주인이 갈아엎었다고 이르신다
올해는 감나무가 시원찮다고 이르신다
날이 가물어 큰일이라고 이르신다
길가의 매운탕집이 음악을 시끄럽게 틀어 잘 수 없다고 이르신다
민박집들이 오물을 개울에 흘려보낸다고 이르신다
키우던 개가 잘못 먹어 죽었다고 이르신다
시장 사람들이 중국산 마늘을 국산으로 속여 판다고 이르신다
벌레 때문에 고추 농사가 어렵다고 이르신다
울산 조카가 작업반장한테 맞아 목을 다쳤다고 이르신다

농협장 선거에 돈이 뿌려진다고 이르신다
기름값이 너무 비싸 보일러를 뜯어야겠다고 이르신다
영달네가 자식 놈에게 맞았다고 이르신다
내가 쉬는 일요일 저녁에 이르신다
엊그제 이른 일을 또 이르신다
여든 살 아이가 되어 큰아들에게 이르신다

23

벚꽃에 들어앉다

강아지 같은 나를 키워준 손들이 모였구나
감자를 캐고 마늘을 엮고 상여를 멘 차돌 같은 얼굴들
막걸리 잔을 즐겁게 돌리는구나
머리는 헝클어지고 말은 어눌하지만
집안의 제삿날을 차지게 알리는구나
안주로 차린 마늘장아찌와 고추장과 묵은 김치에서는
참나무 냄새가 나는구나
보리를 베거나 누에를 치거나 지게를 깎은 얘기를
장터의 소문보다 재미있게 하는구나
수건을 목에 걸친 형삼이 아버지
헝겊으로 기운 검정 고무신을 신은 동석이 어머니
거름을 지고 가던 곰보 아재
소매를 걷은 팔에 논흙이 잔뜩 묻은 대흠이 아버지
구레나룻이 턱을 덮은 순교 할아버지
몸뻬 차림에 수건을 쓴 아주머니들까지
비집고 들어앉았구나
집 짓기에 바쁜 제비들도

어미를 따라 양지바른 뒤란을 파헤치던 병아리들도
봉당 위에서 졸던 개들도
별명을 한 움큼 쥔 조무래기들도 모여드는구나
마침내 마당 한쪽에서 배추며 부추 부침개를 굽고
홍두깨로 민 국수를 삶고
감자 송편을 찌고
시래깃국을 끓이는 잔치가 벌어지는구나

시간을 읽으면

시간을 읽으면
심장에 좋다고 생각한다
어두운 하늘에 없는 별들이 행간에 보인다
별들은 믿기 어려울 정도로 빛나
수평선을 넘는 데 필요한 나침반이 된다

시간을 읽으면
내가 도착할 역이 떠오른다
주위에는 향긋한 풀들이 침대처럼 펼쳐져 있고
흘러가는 강물이 보인다
팔락거리는 숲의 바람을 흠뻑 들이마셔
심장을 악화시키는 기운을 씻어내고
열차 바퀴를 힘차게 돌린다

첫사랑을 고백하듯이 시간을 읽으면
손톱에 봉숭아 꽃물이 들 듯
나의 심장은 밝아진다

비단개구리를 업다

나의 공격이 한순간에 끝날 것을 아는지
천둥이 쳐도 떨어질 수 없다는 것인지
등 위에 올라탄 녀석도
아래에 깔린 녀석도
피하지 않는다

화살처럼 내리꽂히는 오줌 줄기를
오히려 내가 맞는다

나는 방향을 틀고
논물처럼 차가운 비단개구리를 업었다

모기 앞에서

너에게 물러설 수 없다는 자세를 취하는 것은
나의 오랜 습관 때문이다

아이들에게 모기 사냥꾼이라고 불릴 정도로
나의 습관은 물 위에 뜬 기름같이 어설픈 것이지만
꿈속에서까지 두려워하며 쌓은 것이기에
그만둘 수가 없다

나는 이 습관을 만들도록 한 순간들을 기억한다
그리하여 위엄 있는 자세가 못 된다고 할지라도
대적하고 있는 순간, 물러설 수가 없다

너를 죽이고 내가 일어선다고 하더라도
나의 그림자를 바꿀 수는 없겠지만
이 순간을 놓치면
길모퉁이에서 엎어지는 것이다

너를 노려보고 있는 동안
태풍이 번개처럼 쳐도
연체이자의 독촉이 해일처럼 몰려와도 상관없다
습관을 쌓는 나의 고집을
버릴 수 없는 것이다

사과를 내밀다

1

골목길을 돌아 나오는데
담장 가에 달려 있는 사과들이 불길처럼
나의 걸음을 붙잡았다

남의 물건에 손대는 행동이 나쁜 짓이라는 것을
가난하기 때문에 잘 알고 있었지만
한번 어기고 싶었다

손 닿을 수 있는 사과나무의 키며
담장 안의 앙증한 꽃들도 유혹했다

2

콧노래를 부르며 골목을 나오는데

주인집 방문이 열리지 않는가

나는 깜짝 놀라 사과를 허리 뒤로 감추었다

마루에 선 아가씨는 다 보았다는 듯
여유 있는 표정이었다

3

감았던 눈을 떴을 때, 다시 놀랐다

젖을 빠는 새끼를 내려다보는 어미 소 같은 눈길로
할머니는 사과를 깎고 있었다

나는 감추었던 사과를 내밀었다, 선물처럼

제2부

등불

1

삼십 분 전에 도착한 극장에는 아무도 없었다 무대 위
에는 한 아저씨가 무대장치를 마무리하는지 여기저기 부
지런히 다니며 망치질을 하고 있었고 아주머니가 대걸레
로 바닥을 닦고 있었다 나는 기다리기로 하고 중간쯤 좌
석에 앉았다

2

왜 안 하지? 십 분이 지났는데 연극이 시작되지 않자
사람들이 투덜거리기 시작했다 여기 안 해요? 한 사람이
참다 못해 무대 위에서 일하고 있는 아저씨 아주머니에
게 물었다 그들은 귀가 먹은 듯 아무 대답도 안 하고 일만
계속했다 물은 사람은 어이없어 하며 그들과 상대할 일
이 아니라고 여기고는 출입문 쪽으로 나갔다 그리고 금

방 되돌아와 표를 받던 여자가 사라졌다고 화를 냈다 그
사실에 사람들이 웅성거리기 시작했다 이거 사기잖아!
화를 내는 사람을 따라 한 사람이 극장 밖으로 나갔다 남
은 사람들은 어떻게 해야 할지 몰라 서로 쳐다보았지만
별수 없었다 어느덧 이십 분이 지나고 있었다 나쁜 놈들!
또 한 사람이 욕을 하면서 극장을 나가자 남은 세 사람도
뒤따랐다 혼자 남게 된 나도 망설이다가 밖으로 나왔다

　　해고당한 이후 비가 와도 암담하고 날이 맑아도 암담하
고 하루가 저물어도 암담하고 유행가를 불러도 암담하고
통화를 해도 암담하고 뉴스를 들어도 암담해 〈등불〉을 찾
았는데……

　　3

　　무대 위에서 일하던 아주머니와 아저씨가 내 앞을 지나

가고 있었다 대걸레와 망치를 든 채였다 나는 그들의 잰
걸음을 바라보았다

  길 위에서 깜빡거리는 등불이었다

의자

어두운 방 안에서 서로 가만히 있다
창밖은 언 길을 밟고 지나가는 바람 소리들로 소란하다
그는 물끄러미 나를 바라보고
나는 바람 소리를 들으며 그를 바라본다

나의 일은 그로부터 먼 야적장에서
하루 종일 뛰어다니며 호루라기를 부는 것이었다
햇빛이 좋거나 바람이 시원한 날도 많았을 텐데
왜 바람 심한 날만 생각나는 걸까

나는 그와 다른 태생이라고 생각했지만
내가 야적장에서 쓰러졌을 때
그는 의외의 모습이었다
말없이 나를 안아준 것이다

나는 다시 야적장으로 가려고
어두운 방 안에서 그를 바라보고 있다

그도 나를 물끄러미 바라보고 있다
창밖은 언 길을 밟고 지나가는 바람 소리들로 소란하다

카키색에 대한 편견

백일장 심사에서 최종 두 편을 읽다가
나는 카키색 앞에서 멈추었다
한 편은 놀라운 표현력을 가지고 있었고
다른 한 편은 밀도가 좀 떨어졌지만
카키색 작업복을 이야기하고 있었다

배가 들어올 때마다 짐 내리는 일을 차지하기 위해
개떼처럼 몰려드는 카키색 작업복들

카키색 바닷물이 일렁였고
카키색 오후가 흘렀고
카키색 담배 연기가 흩어졌다

나에게 카키색은 결과가 아니라 과정으로
순응이 아니라 체력으로
체면이 아니라 그을린 얼굴로 들어왔다

나는 카키색 잠바를 입기로 했다

분서

브레히트가 「분서」에서 고민했듯이
어느 독재 정권이 위험한 책을 수거해 불사를 때
나의 시집이 들어 있을까?
분서 목록에 나의 시집이 빠진 것을 발견하고
어서 태워달라고
불같이 항의할 수 있을까?

나는 시를 진실하게 썼다고 주장할 테지만
노동자의 길을 철저히 걷지 못했기에
시집은 불태워지지 않을 것이다

그래도 시 쓰기를 그만둘 수 없는 것은
반성해서라거나
희망이 보여서가 아니라
잊을 수 없는 순간을 품고 있기 때문이다

나는 야적장에서 쓰러졌을 때

불꽃을 떠올리지 않았던가?

못 꿈

양 발바닥은 못투성이
어떤 못은 발등까지 올라와 있었다
나는 손가락을 못뽑이 삼아
이를 잡듯 하나씩 뽑기 시작했다
손댈 때마다 겨울바람을 맞는 얼굴처럼 따가워도
수박을 먹는 것처럼 시원했다
뽑아놓은 못마다 피가 묻어 있었지만
나를 문 모기를 잡았을 때처럼 후련했다
피를 무서워하지 않다니, 나는
보리밭으로부터 멀어져 있구나
보리밭 끝에서 뻐꾸기 소리가 들려왔지만
나는 못을 계속 뽑았다
어느덧 손은 피범벅이고
얼굴에도 피가 묻었다
맨발로 못을 밟고 온 나를
맨손으로 못을 뽑고 있는 나를
누가 무시할 수 있겠는가

나는 맨발로 걷기 시작했다

피곤한 발을 언제쯤 풀어줄 수 있을까?

1

오늘도 무사했구나,
현관문 앞에 서서 귀가를 기다리고 있는 발을 내려다본다

자정 넘도록 집 안에 들지 못한 채 길 위를 걷고 있는 발
비 맞은 강아지처럼 측은하다

나는 발의 피곤한 표정이 정치 뉴스를 듣는 데 지쳐서라는 것을
공사장의 소음에 시달려서라는 것을
곡괭이질에 부쳐서라는 것을 잘 안다

더 큰 이유가 있다는 것도 잘 안다

2

　　나는 오늘 천 일 넘게 한데서 떨고 있는 기륭전자에 가
지 못했다
　　무척 가고 싶었지만
　　논문 마감일에 쫓겨 포기하고 말았다

　　사실 그곳에 가는 길은 만만하지 않다
　　버스 노선이며 골목길도 찾아야 하지만
　　생업을 잃을 위험도 감수해야 된다

　　가야 할 곳에 가지 못해
　　나의 발은 하루 종일 바빴다

3

피곤한 발을 언제쯤 풀어줄 수 있을까?

어떻게 혼낼 수 있을까?

울산에서 환경미화원으로 일하는 당숙이
작업반장 좀 혼내달라신다
폭행으로 목을 다쳐 육 주 진단이 나왔지만
본 사람이 없다고 오리발을 내밀고
근무하기 힘든 곳만 보낸다고 이르신다
처음에는 그렇지 않았는데
노조에 가입하고 나서 못살게 군다는 것이다
함께 잘살자고 하는데
반장은 계장과 과장의 눈치를 보느라고
자기 쪽 사람들만 챙긴다는 것이다
조카는 우리 같은 사람들에게 인정 많은 대학교수이니
어떻게 안 되겠느냐고
몇 번이나 미안하다며 부탁하신다
나는 위안이라도 드리려고
작업반장의 이름과 전화번호를 적는다

노조위원장의 것도 적는다

나는 핸드크림을 바르지 않는다

대학교수의 손이 왜 이래?

악수를 하는 사람들은
나뭇등걸처럼 갈라진 나의 손등을 보고
놀라기도 하고 놀리기도 한다
나는 정답 같은 당당함을 가지려고 하면서도
그때마다 움츠러든다

내가 핸드크림을 바르지 않는 이유는
위생적으로 아이들에게 밥을 해주려는 것이기도 하지만
닮고 싶은 손이 있기 때문이다

투르게네프의 「노동자와 흰 손의 사나이」에 나오는 사
나이는
당국의 눈치보다 노동자들의 눈치를 보느라고
육 년이나 쇠고랑을 찼고
마침내 교수형을 선택했다

나도 빈 요구르트병 같은 노동자들의 눈치를 보느라고
출석 확인을 하듯 일기를 쓰고
연서를 하고
때로는 집회에 나가지만
흰 손의 사나이가 되지 못했다

그리하여 최소한으로 고백하는 것이다

교가를 부르다

교문 사이로 보이는 교정의 나무들은 낯설도록 키가 컸
지만
교실은 왜소했다
용접을 하고 주조를 하던 실습관은 헛간처럼 허름했다

정문에 서 있는 수위 아저씨에게 다가가
몇 회 졸업생이라고 인사를 드렸는데
시를 가르쳐주신 국어 선생님이 아닌가

나는 너무 놀라 다시 인사를 드렸는데
알아보지 못하는지
지극히 사무적인 태도로 대하셨다
학교와 미리 얘기가 됐느냐고 물었고
소지품 검사가 있다고 했다
나는 의아해하며 가방을 넘겼는데
선생님은 이리저리 뒤지다가 책 한 권을 꺼낸 뒤
압수한다고 했다

군대나 교도소도 아닌데 이래도 되느냐고
나는 말을 더듬으며 항의했다
시를 가르친 스승으로서
『전태일 평전』을 읽는 제자를 대견하게 여기지는 않더
라도
너무하지 않으냐고 따졌다

그래? 그럼 교가를 한번 불러봐!

나는 스무 몇 해 만에 왕주먹 같은 공고생이 되어
교가를 부르기 시작했다

갈림길을 지나가다

1

밥을 먹다가 놀라 눈을 감았다
숟가락에 나의 생일이 들어 있기도 했지만
그가 예고한 단식일이 천둥소리를 내며
내 손을 내리친 것이다
반찬거리로 먹던 정치인들도
대출이자도 순간 뭉개졌다
죽음의 명분이 밥과 연결되고
희망 지수가 밥으로 올라간다는 사실이
숟가락 속에서 푯대처럼 흔들렸다

2

계승이란 사람에게 돌아가는 일이라고
그의 단식이 생각보다 힘이 셌다

이인삼각의 결단이
결코 권태의 산물이 될 수 없었다

나에게 필요한 창도 방패도 아니라고
당돌하게 착각했던 날들을
절벽 아래로 떨어뜨렸다

노조 가입 신청서를 처음 썼을 때처럼
갈림길을 지나가기로 했다

거리에 불붙이다

너는 안 돼,

나는 그 거리를 받아들일 수 없어
겨울바람에 흔들리는 나뭇가지처럼 몸부림친다

동백꽃에서 패랭이꽃까지
가로수에서 산마루까지
집 현관문에서 작업장까지
나이테처럼 새겨져 있는 내 몸속의 아득한 거리

교도소의 사이렌 소리처럼 떠오를 때마다
나는 기침을 그치지 못한다

거리가 있는 한
추억으로 타협할 수는 없다고
강물 속으로 들어갔던 입술을 깨문다

나는 응급차를 부르는 심정으로
거리의 끝에 불붙인다

약속
—단양 신라 적성비 앞에서

적성현 사람인 야이차의 전공(戰功)을 기리면서
충성하면 똑같이 대우하겠다고 고구려 사람들에게
진흥왕은 약속했다

자신의 약속이 진실한 것임을 보여주려고
말로 전하거나
종이에 쓰지 않고
돌에 새겼다

그 약속은 지켜졌을까?

약속은 절대적인 이데올로기이거나
개인적인 윤리가 아니기에
달랐을 것이라고 생각한다

나는 지금까지 약속을 어긴 상대방에게
순교하듯 등을 돌렸다

조건으로부터 고립되는 패착을 둔 것이다

배신이 목적이 아닌 한
약속으로부터 전향할 수 있음을
천년이 지난 길 끝에서 깨닫는다

개에게 무릎 꿇다

개는 위대한 마법사처럼 불안을 태우고 있었다
상처를 태우고 있었다
제 가슴을 태우고 있었다

애원해도 받아주지 않는 고집으로
나의 타협안도 태우고 있었다

거친 숨소리와 날카로운 이빨로 광야를 울리며
나의 수심도 동요도
참혹하게 무너뜨렸다

한밤중처럼 뒤엉킨 개의 절박감이
가계약 같은 나를 가라앉혔다

나는 개에게 무릎 꿇을 수밖에 없었다

제 3 부

멕이는 전략

중학생인 딸만 보면 뭘 좀 멕이라고 아내에게 말한다

뭘 좀 멕여야 키가 크고 인물이 좋아지고 공부를 잘하고 성격이 밝아진다고 믿는다 아빠한테 인사할 줄 알고 이자로 꾸려가는 집안 생각할 줄 알고 맡은 일을 야무지게 할 것이라고 믿는다

아내나 딸은 나의 말을 들은 척도 안 한다 고리타분하고 시대에 뒤떨어지는 잔소리라고 무시한다

뭘 좀 멕이라는 말은 내가 중학교 다닐 때 할머니께서 어머니에게 하신 말씀이다

어느덧 힘이 빠진 나는 할머니의 목소리를 빌려 권위를 세워보려고 하는 것이다

살생

대지를 닮은 하늘과
하늘을 닮은 대지와
하늘과 대지를 닮은 영혼에게 물어보아야 한다는
살생의 계율이*
방아쇠를 당긴 뒤 떠올랐지만, 미안하지 않았다
총을 내려놓지 않는 사냥꾼처럼
또 다른 순간을 기대했다

나는 손바닥을 적신 모기의 피로
별빛을 가렸다
남촌에서 불어오는 봄바람도 막았다

나의 살생 습관은
들일을 하면서 배운 것이 아니다
우물을 마시거나 장작을 패면서 체득한 것도 아니다
하늘과 대지와 영혼을 닮지 않은 배역을 맡으면서
그 길에 배신당하면서

쌓은 것이다

피가 묻은 위안인데도
나는 거절하지 않는다

———————————

* 전성태의 소설 「늑대」에서 착상함.

숟가락에 나비를 얹다

1

아빠!

보행기에 앉아 있는 아이의 손짓을 따라가보니
나비가 단풍나무 잎처럼 팔락거리며
쥐똥나무 울타리를 넘어오고 있었다

나의 시간들이 실려 오고 있었다

나는 나비의 날갯짓에 밥 먹는 시간을 얹었다

밥 먹는 양이며
밥 먹는 속도며
밥 먹는 행동반경이며
밥 먹는 길이며
밥 먹는 절박함도 얹었다

2

아빠!

아이의 생일 선물로 숟가락을 사러 갔는데
여기저기서 야단이다

소꿉놀이를 하듯 재잘거리다가
손뼉을 치며 깔깔대다가
입술을 샐쭉거리며 투정 부리다가
연신 밥 퍼먹는 시늉을 해댔다

나는 아이들이 들고 있는 숟가락 위에
나비를 얹었다

눈썹이라니까요

—아라비안나이트

1

아픈 마음에 쓸 약초를 구하러
어느 산골에 이르렀는데
한 사내가 마을 어귀에 헌병처럼 서서
사람들을 잠깐씩 제지했다가 들여보내고 있었다
살짝 다가가서 보니
소꿉장난 같은 말을 주고받았다

어디가 잘생겼나요
코지요

어디가 잘생겼나요
입술이지요

사람들이 자신의 잘생긴 곳을 말하면
통과시키는 것이었다

내가 보기엔 코도 낮고 입술도 두껍고 눈도 작고 피부
도 거친데
서로 인정하는 모습이 우스웠다

2

어디가 잘생겼나요
눈썹이지요

사내는 내 눈썹을 살펴보고는 고개를 갸우뚱거렸다

3

어느덧 날이 저물어
막아섰던 사내는 일과를 끝냈다는 듯

자리를 뜨려고 했다

나는 다가가 외쳤다, 눈썹이라니까요!

사십 세
—신윤복의 「나월불폐(蘿月不吠)」 앞에서

나는 나뭇가지에 걸린 달을 보고 짖을 것이다
나는 나뭇가지에 걸린 별을 보고 짖을 것이다
나는 나뭇가지에 걸린 신(神)을 보고 짖을 것이다
나는 나뭇가지에 걸린 맨발을 보고 짖을 것이다
나는 나뭇가지에 걸린 광장을 보고 짖을 것이다
나는 나뭇가지에 걸린 강을 보고 짖을 것이다
나는 나뭇가지에 걸린 병(病)을 보고 짖을 것이다
나는 나뭇가지에 걸린 이자를 보고 짖을 것이다
나는 나뭇가지에 걸린 명분을 보고 짖을 것이다
나는 나뭇가지에 걸린 폐광(廢鑛)을 보고 짖을 것이다
나는 나뭇가지에 걸린 밥을 보고 짖을 것이다
나는 나뭇가지에 걸린 길을 보고 짖을 것이다
나는 나뭇가지에 걸린 묵공(墨攻)을 보고 짖을 것이다
나는 나뭇가지에 걸린 책을 보고 짖을 것이다
나는 나뭇가지에 걸린 이분법을 보고 짖을 것이다

나는 나뭇가지에 걸린 눈물을 보고 짖을 것이다

동행

작은애가 미끄럼틀에서 손을 삐어
동네 정형외과에 데려갔다가
나의 왼손도 엑스레이를 찍어보았다

돌이 들어 있네요

중학생 시절 친구가 등 뒤에서 떠미는 바람에
깨진 돌이 널린 신작로에 넘어져
부랴부랴 헝겊으로 동여맨 적이 있는데……

중지 끝에 돌이 들어 있다는 사실에
나는 동태처럼 있다가
기도하듯 의사에게 물어보았다

수술할 수 있을까요?

신경에 붙어 있어 위험하네요, 동행하세요

함께할 수 없는 상대인데
함께할 수밖에 없는 운명이라니……

국수

젓가락을 구멍 속에 넣고 눈을 감은 채
국수 가락을 건져 올리면 되는 일이었다
내가 집는 양만큼 오래 살 수 있다는 것으로
친구들이 마련한 생일 행사였다

나는 눈을 감고
손에 힘을 주었다
하나, 둘, 셋, 친구들의 외침에 따라 젓가락을 모았다

어쩌나…… 젓가락이 헐거웠다

됐네, 친구들의 만류에
흔들리는 그림자 같은 마음으로 눈을 떠보니
젓가락이 커다란 그릇에 담겨 있는 게 아닌가
내가 눈감고 젓가락에 힘을 주는 순간
친구들이 그릇을 바꾸어놓은 것이다

나의 모습이 우스웠는지 친구들은 박수를 쳐댔다
나는 부끄러웠지만
그득한 국수 한 그릇에 마음이 놓였다

서시 앞에서

한 포기의 풀이
바위처럼 단단한 시멘트 바닥을 뚫고 올라와
정치의식을 드러내고 있는데
나의 서시는 언제 새파랄까?

등진 그림자를 바라보는 얼굴로는
전진의 노래를 부르지 못하는데
나의 서시는 언제 세상을 들을까?

나의 서시는 나를 속였고
세상을 속였고
하늘을 가렸다

그렇지만 세상이 속인 만큼 나를 속이지는 않았다

풀이 돋듯
사과꽃이 피듯

고양이 새끼들이 태어나듯
나의 서시는 일어설 수 있는 것이다

바람 뒤로 얼굴을 숨기지 마라

오십 세

1

주택가 골목을 지나고 있는데
어느 집 정원에 고무딸기 한 무더기가
탐스럽게 익어 있었다
어렸을 때 따먹었던 맛이 살아나
하나를 입에 넣었다
산길과 바위와 벌레와 이슬의 향기가
입속을 채웠다
나는 향기를 음미하며
골목을 나가기 시작했다

2

몇 발짝 옮겼는데
고무딸기보다 검은 개 한 마리가

도둑을 잡았다는 듯 막아서는 게 아닌가
딸기 하나 따먹고 도둑놈 취급을 받기에는 억울했지만
송아지만 한 개를 이길 수는 없었다

3

어느덧 날이 저물어오고 있었다

나는 개에게 붙잡힌 채 고무딸기를 내뱉고 있었다

슬픈 웃음

마흔을 넘기면서 깨달은 사실 중 한 가지는
내게 슬픈 웃음이 많다는 것이다

업신여기는 사람 앞에서도
증오하는 상대 앞에서도
손해를 보면서도
어느덧 습관이 된 나의 웃음

그리하여 전철역 계단에서 웅크리고 자는 노숙자를 보
면서도
해고 노동자의 부고를 읽으면서도
엉터리 심사위원의 변명을 들으면서도
실컷 울지 못한다

텔레비전의 코미디를 보면서도
화사한 벚꽃을 보면서도
놀아달라는 아이의 투정 앞에서도

실컷 웃지 못한다

소음으로 향하다

산사(山寺) 가까운 곳의 냇가에서 듣는
새벽 물소리
깨끗하게 들리지 않는다

자동차 소리, 텔레비전 소리, 도로 파헤치는 소리, 쓰레
기 치우는 소리, 물건 파는 소리, 세탁기 돌아가는 소
리……
오히려 잘 들린다

물길 따라가는 나뭇잎처럼
휘파람까지 불어댄다

나는 물소리를 들으려고 연신 귀지를 파내지만
여전히 들리지 않는다

물소리에 소음들을 실어 버리려고 했는데
소음들이 물소리를 실어 오는 것이다

물소리를 들으려고 새벽잠 떨치고 나왔다가
나는 어느새 소음으로 향한다

12. 12.

오늘 며칠이지?

선생님께서 생애 마지막일 것으로 보이는 시집에
서명하시다가 물으신다

12월 12일예요
사태가 일어난 날이지요

선생님께서 또박또박 쓰신다
12. 12.
나는 교감의 신호라고 생각한다

반란군으로부터 살아남은 내 이름이나
시집에 서명하시는 선생님의 손이나
떨리는 날이다

소

나는 더 이상 도시의 전사(戰士)일 수 없어
분노하다가
소를 비상구처럼 찾았다

소는 어두컴컴한 마구간에서
옛날처럼 나를 맞이했다

소가 핥으며 낸 거품을 이마에 묻히고
논둑길을 달리거나
냇가로 먹을 감으러 가거나
할머니를 따라 마실을 갔던 나는 반가움으로
소의 머리를 쓰다듬었다

순간, 소는 타버린 짚단처럼
무너져 내렸다

나는 비로소 소를 품었다

거미 앞에서

1

밥과 집과 옷의 그림자를 대동할 수 있다고
나는 도취되어 있다

구호나 눈물이 필요 없는 설계로 쌓은 벽 속에서
책을 읽는다

벽이 없다고 부인하면서
벽이 필요하다고 구상한다

2

거미는 나의 벽을
화재 경보처럼 깨운다

상처를 치유할 정도는 아니지만
나의 변명을 무너뜨린다

금기 구역마저 파고드는 거미의 몸부림에
나는 플라시보 효과처럼 발작한다

3

한 땀씩 이어가는 너의 얼굴에서
나의 오기를 발견하다니

참 다행이다

김규동 시인

의지로 당나귀의 울음소리를 슬퍼했다
의지로 친구들과 해방가를 불렀다
의지로 하숙집 쌀밥 앞에서 울었다
의지로 함북 종성에서 서울 을지로까지 걸어왔다
의지로 개미장에서 일자리를 찾았다
의지로 하늘을 바라보며 동생의 이름을 속삭였다
의지로 조곤조곤한 어머니의 목소리를 들었다
의지로 아버지의 마음을 나무에 새겼다
의지로 아내의 결혼반지를 시집에 끼웠다
의지로 느릅나무에 긴 편지를 썼다
의지로 아이들 편에 서서 데모를 했다

의지로 인연을 끌어안았다
의지로 이데올로기를 끌어안았다
의지로 운명을 끌어안았다

의지로 시인의 길을 걸어갔다

제
4
부

탱자나무

해일처럼 밤이 몰려와도 탱자나무는 어깨를 풀지 않는다

무서운 기색 없이 전선을 응시하고 풍자를 모르는 자세
로 진지를 구축한다

황사도 태풍도 경적도 저 견고한 진지를 뚫지 못하리라

유언비어도 명령도 저 거대한 발밑에 깔리리라

탱자나무는 패배를 두려워하지 않고 전진한다

불패의 칼도 뽑았다

퇴각하지 않겠다는 증표로 온몸을 가시로 무장했다

나는 언제까지 혁명의 책들을 골라 올까?

나는 여전히 서점에서 혁명의 책들을 골라 오지만

읽지 않는다

텔레비전이나 인터넷에 재미를 들여서도

주식이나 부동산 투기에 몰두해서도 아니다

나는 화투에 중독된 노름꾼처럼 시간을 뒤적이느라

책을 읽지 않는 것이다

시간에 빠진 나는

시간을 보고 시간을 듣고 시간을 추종하느라 정신이 없다

오늘도 시간은 온화한 목소리로

용서하는 마음을 가지라고

더도 말고 덜도 말고 그림자만큼 제자리를 지키라고

불행을 예방주사처럼 맞으라고

내게 기도하듯 들려준다

나는 시간의 당부를 들을 때마다

역정조차 못 내는 진폐 환자가 될 것이라는 생각이 들어

내팽개친 책을 잡는다

그렇지만 시간의 얼굴은 호수보다 넓고 부드러워

또다시 포기하고 만다
칼끝처럼 서 있던 나의 고집은
배부른 아기처럼 잠드는 것이다

나는 언제까지 혁명의 책들을 골라 올 것인가?

마침내 신호등이 바뀌었다

신호등이 바뀌기를 기다리는 동안
횡단보도에 그려진 하얀색 선을
하나, 둘, 셋, 넷…… 세기 시작하다가
한 달, 두 달, 세 달, 네 달…… 세월로 세본다
한 살, 두 살, 세 살, 네 살…… 나이로
할아버지, 아버지, 나, 아들…… 가계로
만 원, 십만 원, 백만 원, 천만 원…… 봉급으로 세어보다가
멈추고 말았다

시간이 부족해서가 아니라
한계가 거울처럼 분명했기 때문이다

나는 열두 달 이상을 세지 못했고
예순 살에서는 힘이 빠졌고
천만 원에서는 돌아설 수밖에 없었다

그래도 출렁거리는 저 거리에 발목 적셔야 하는데……

마침내 신호등이 바뀌었다

우연도 이데올로기

폭설로 버스가 오지 않는다
반 시간이 지났다
어떤 결정이라도 내려야 하기에
천까지 세기로 한다
다 셀 때까지 오지 않으면
다른 길을 택할 것이다
일, 이, 삼, 사……
나의 희망이 걸려 있는 곳에 닿기에는 멀지만
이데올로기를 걸어둔다
백일, 백이, 백삼……
이데올로기는 붉어
어느덧 이백을 넘긴다
삼백을 넘긴다
이데올로기를 혁명의 차원으로 높이고
오백을 넘긴다
육백을 넘긴다
여전히 차는 오지 않지만

우연도 이데올로기가 될 수 있다고
오기를 부린다
육백일, 육백이, 육백삼……

보리수나무 아래에서

1

대운하 공사를 반대하는 집회에 나오라고
친구들이 연락해오는데
나는 보리수나무 아래에 앉아
어쩔 수 없이 늙어간다고 생각한다

그렇다면 이데올로기를 위해
무너진 집의 서까래 같은 젊음을 드러낸 적이 있던가?
우물 바닥에 찰랑이는 달빛 같은 간절함을 쏟은 적이
있던가?

싸움에서 죽는 것이 패하여 사는 것보다 낫다고
석가모니는 서른다섯 살에 깨달았다는데

2

집권자가 밀어붙이는 대운하 공사는 내게 모순인가?

가장 위대한 신통이란 진리를 말하는 것이라는데
진리를 알아야 지혜를 소유할 수 있고
자비를 실천할 수 있다는데

대운하의 모순을 밝히려면 이데올로기가 필요하고
시간을 마련해야 되는데
내게는 당장 재계약에 쓸 조건들이 급하다

모순이란 결국 밥에서 나오는 것인가?

3

이데올로기의 몸속에 물이 흐르거나 불이 타오르거나
구름이 흐르거나 파도가 철썩대거나
내게는 지금 모순이 아니다
깨끗한 손으로 생명수를 내거나 흉악한 손으로 새의 껍
질을 벗기거나
대운하의 설계도가 지워지거나 곡괭이질로 요란하거나
또한 모순이 아니다

자신을 스스로의 섬으로 삼아야 된다고
석가모니가 한 말은 무슨 뜻일까?

내게는 광야를 함께 건너가야 할 친구가 필요한데
섬 같은 밥이 필요한데

용서에 대하여
— 정신대 할머니들의 그림 앞에서

용서는 보상으로 이루어지는 것이 아니다
용서는 아량으로 이루어지는 것이 아니다
용서는 초월로 이루어지는 것이 아니다
용서는 성숙으로 이루어지는 것이 아니다
용서는 치료로 이루어지는 것이 아니다
용서는 화해로 이루어지는 것이 아니다
용서는 긍정으로 이루어지는 것이 아니다
용서는 미학으로 이루어지는 것이 아니다
용서는 승화로 이루어지는 것이 아니다
용서는 대우로 이루어지는 것이 아니다
용서는 위안으로 이루어지는 것이 아니다
용서는 동정으로 이루어지는 것이 아니다
용서는 약속으로 이루어지는 것이 아니다
용서는 희망으로 이루어지는 것이 아니다
용서는 전향으로 이루어지는 것이 아니다

용서는 역사로 이루어지는 것이 아니다

이끼를 담보로 잡히다

산골에 사는 친구가 시심을 키우라며 이끼를 보냈다
나는 친구에게 보답하려고 이끼를 저축하듯 키웠다

이끼가 살 수 있는 이슬을 불렀고 바위를 불렀고 옹달
샘을 불렀다 풀을 불렀고 나무를 불렀고 바람을 불렀다
꽃을 불렀고 구름을 불렀고 햇살을 불렀다 물안개를 불
렀고 새소리를 불렀고 물고기를 불렀다

그렇지만 이끼는 얼굴을 잃어갔다

나는 포기할 수 없어 약을 사 먹이듯 더 맑은 이슬을 불
렀다 바위를 옹달샘을 불렀다 더 푸른 풀을 나무를 바람
을 불렀다 더 새뜻한 꽃을 구름을 햇살을 불렀다 더 깨끗
한 물안개를 새소리를 물고기를 불렀다

그러는 사이 이끼는 그림자조차 잃었다

나는 비린내 나지 않는 이끼를 담보로 대출을 신청했다

이분법에 대하여

1

지하철 안에서 발견한 모기 한 마리 사냥하는 데 실패
했다
나는 아쉬워하며 읽던 책으로 돌아왔지만
기회가 또 있을지 모른다는 미련이 들어 추적했다
모기는 사람들 주위를 날고 있었다
나는 벌떡 일어나고 싶었지만 사람을 사냥할 수는 없기에
어서 오라, 마음속으로 빌었다

나의 기대가 불타올라 더 이상 책이 들어오지 않았고
광화문 집회도 떠오르지 않았다

2

나는 왜 모기 사냥에 몰두하는 것일까?

말라리아가 겁나서인가?
위축된 나를 탈출시키려는 것인가?

모기는 죽여야 한다고 여기는 관습 때문인가?

3

나는 왜 이분법을 두려워하는가?

이발소에 가는 이유

비가 쏟아지고 바람이 몰아치는 날인데
나는 이발소에 간다
세련된 미용실이 집 가까이 있는데
비 그친 뒤 가면 될 텐데
최후의 선택이라도 한 것처럼 간다

땅에 뿌리박는 바위처럼
습관을 공고히 하려는 것이다

나는 밥상 앞에서도
화장실에서도 전화를 걸면서도 물건값을 치르면서도
습관을 지키려고 한다
광장의 집회에서는 신도가 된다

이해할 수 없다고
비습관주의자들은 비웃거나 동의하지 않지만
철회하지 않는다

그리하여 먹잇감을 찾아가는 호랑이처럼
빗속을 뚫고 이발소에 가는 것이다

주식을 해봐

—연극 〈고교 동창회〉 중에서

과학기술부 공무원 기상청이 엉터리야. 예보에 없는 비가 오잖아. 아직 과학 정신이 부족해.

펀드 매니저 비까지 내리니 건설주가 약해지겠네.

시인 고마운 비지.

과학기술부 공무원 바닷물을 빨리 개발해야 돼. 염분만 빼면 물로 쓸 수 있잖아.

펀드 매니저 그럴 때 건설주를 사는 거야. 미리 사둘 수도 있겠지.

시인 바닷물을 먹기 시작하면 지구는 끝이야.

과학기술부 공무원 시인은 정말 다르구나.

펀드 매니저 엉뚱한 거지.

과학기술부 공무원 주식을 해봐. 자본을 알아야 시를 제대로 쓸 수 있지.

펀드 매니저 맞는 말이지.

시인 그런가?

그에게 전화를 걸어주고 싶었다

작업복 차림의 사내가 통화를 하다가 갑자기 울음을 터뜨리며 주저앉았다 전화기를 귀에 댄 채 아무 말도 않고 새끼를 잃은 짐승처럼 흐느꼈다 사람들이 오고 가는 큰 길가인데도 개의치 않고 구덩이를 팠다

부모님이 돌아가신 것일까? 회사에서 해고 통보를 받은 것일까? 동료가 안전사고를 당한 것일까? 아니면 아내가 집을 나간 것일까?

나는 사내의 울음을 친구에게 온 연애편지를 훔쳐 읽듯 들어보고 싶었다 사십 대 후반으로 보이는 사내는 술에 취해 있었다 길을 가던 사람들은 보지 말아야 할 장면을 본 것처럼 뿔도 없고 가시도 없는 그를 흘끔거리며 피해 갔다

사내는 어디에 구조 신호라도 보내는 듯 전화기를 꼭 쥐고 있었다

나는 누군가 그에게 전화를 걸어주면 좋겠다고 생각했
다 그의 아내라면 얼마나 좋을까, 나라도 걸어주고 싶었다

　나도 작업복을 입은 채 공중전화 부스 안에서 저렇게 운
적이 있었다 더도 말고 덜도 말기를 바라는 월급쟁이들이
소 떼처럼 고향으로 몰려가는 추석 전날의 밤이었다

나무에게 절하다

　나무는 나에게 배수진을 친 하늘이며 탑을 쌓아온 바람
들이며 서리 내린 밤길이라도 밟고 나아가려는 바위들이
며 새벽안개를 열어젖히는 섬들을 가르쳐주었다

　파릇파릇 살아 있는 공사장의 운(運)이며 바늘구멍을
통과한 작은아버지의 해진 수첩이며 숨 가쁘게 날아오르
는 새들의 날갯짓이며 하루를 지탱하려고 한낮을 적시는
강물도 가르쳐주었다

　겨울 들판 같은 자정의 적막이며 인력시장에서 말을 더
듬는 연장들의 주인이며 장맛비 속에서도 터를 다지는
집들이며 소금이 되려고 소금을 먹는 사람들도 가르쳐주
었다

　나무는 그 많은 것들을 나에게 가르쳐주려고 먼 길을
걸어왔다 걸어온 발자국마다 기적의 가닥들이 너덜거렸
다 나무는 힘이 부쳐서인지 발등이 통통 부어올랐다

나는 절하지 않을 수 없었다

시인과 이자

1

식사를 하다가 식당으로 들어오는 이자를 발견했다 이
자는 나를 보지 못했는지 배식구 쪽으로 걸어가고 있었
다 나는 얼른 달려가 알은 체를 하려다가 그만두었다

식사를 하다가 떠오른 것이 있었기 때문에 얼른 수첩에
적어놓고 다가가서 인사를 할 생각이었다 생각날 때 곧
바로 챙기지 않아 잊어버린 적이 여러 번 있었기에 놓치
고 싶지 않았던 것이다

그런데 노동과 노동자와 노동운동과 노동단체와 노동
법과 노동시 들이 갑자기 떠오르는 게 아닌가? 어머니의
눈물이 무겁다는 것을 생각하고 있었는데, 노동자의 눈물
이 들어오는 바람에 머릿속이 혼란스러워졌다 대상을 누
구로 해야 될지 눈물이 왜 무거운지 눈물을 왜 흘려야 하
는지 무겁다는 것이 무엇인지 쓰기가 어려워졌다

게다가 새의 눈물이며 소의 눈물이며 응달의 눈물이며
뒤란의 눈물이며 가랑비의 눈물이며 샛길의 눈물 들이
연달아 떠오르는 게 아닌가? 나는 눈을 감을 수밖에 없었
다 나란 존재가 이렇게도 많은 인연의 눈물을 짊어지고
있다고 생각하니 나의 눈물도 떠올랐다 나는 어떻게 해
야 될지 몰라 눈을 떴다

2

이자가 보이지 않는 게 아닌가? 식사를 끝낼 시간이 아
닌데? 나는 급히 식당 밖으로 뛰어나갔지만 이자는 보이
지 않았다 어디로 갔단 말인가? 나는 식당으로 되돌아와
자리에 앉았다

무슨 시를 쓰려고 했지? 우두커니 앉아 시를 놓치고 이

자도 놓친 나를 지켜보았다 시를 쓰려다가 이자를 놓친
내가 쓸쓸히 앉아 있었다

　나는 창밖으로 지나가는 늦가을 바람을 바라보았다 나
의 시도 이자도 저 바람에 실려 간 것은 아닐까? 고개를
젓는데, 갑자기 수첩 위로 눈물이 떨어졌다

오십 세

부치려고 하는데
손안에 없다

집에 두고 왔는가?
길에 흘렸는가?

돌아가며 찾아보지만
어디에도 없다

안타까워 다시 쓰려는데
바람이 손을 잡는다

해설 · 시인의 말

거룩한 속물의 산수(算數)

오연경 문학평론가

평범한 질서에 무릎 꿇는 것은 용기인가, 타협인가, 패배인가. 이 질문을 스스로에게 던지는 자는 이미 사십 세를 지나고 있을 것이다. 불혹은 공자의 일일 뿐, 평범한 사람은 사십에도 여전히 흔들리고 헤맬 것이다. 하물며 나이 오십에 하늘의 뜻을 안다는 것은 더욱 요원하다. 하늘의 뜻은커녕 평범한 질서와 평범한 자신을 헤아리기에도 벅차다. 맹문재 시인은 지난 시집에 이렇게 썼다. "한때는 그 질서(평범한 질서―인용자)가 가시가 되어/패배감과 굴욕감에 젖어 있는 나를 찔러댔지만/이제는 품을 수 있다"(맹문재, 「품」, 『책이 무거운 이유』, 창비, 2005). 시인이 품을 수 있게 된 것은 무엇일까. 한 사람이 두 팔을 벌려 안을 수 있는 가장 큰 품은 자기 자신의 품이다. 가슴에 품어왔던 이데올로기, 혁명, 정치의식, 이분법을 내려놓고 나 하나 품는 것의 어려움을 아는 것이 평범한 사람의 지천명인지도 모른다.

이번 시집에서 맹문재 시인은 "자신을 스스로의 섬으로 삼아야 된다"(「보리수나무 아래에서」)는 석가모니의 말을 생각하고 있다. 대사 회적 관심을 버리고 자기 자신에게 침몰하겠다는 뜻은 물론 아닐 것이다. 다만 천박한 자본주의와 노동자들의 곤고한 삶과 분배와 정의와 환경오염을 향하던 분주한 시선을 자신에게로 거두어, 스스로를 점검하는 고요한 노동에 충실하고자 함이리라. 그런데 그가 고백하고 있는 내면세계를 찬찬히 들여다보면 거기, 세상의 문제들이 자기화하여 들끓고 있음을 알게 된다. 지난 시집과 이번 시집 사이에 놓여 있는 칠 년의 세월이 녹록하지 않았나 보다. 시인이 먹은 생물학적 나이가 "섬 같은 밥"이 되어 시집에 쟁여져 있다. "밥 먹는 양", "밥 먹는 속도", "밥 먹는 행동반경", "밥 먹는 길", "밥 먹는 절박함"(「숟가락에 나비를 얹다」)이 시가 되었다. 밥숟가락으로 자기 삶을 셈하는 것은 자신이 품을 수 있는 것과 품을 수 없는 것을 따져보는 일이다. 그것은 지나온 삶과 다가올 삶에서 뺄 것과 더할 것을 곰곰이 따져 최소한의 해(解)를 구하는 셈법이다. 이 최소한의 산수(算數)가 나를 구하고 먼 길을 구하고 시를 구한다. "최소한으로 고백하는 것"(「나는 핸드크림을 바르지 않는다」), 이것이 오십을 품은 시인의 섬이다.

1. 거리(距離)의 산수

맹문재의 시는 자기 고백의 시다. 시의 화자는 대개 시인과 일치하며, 시인의 삶의 내력이 고스란히 시에 드러난다. 그는 쇠를 만들어 밥을 먹어본 노동자 출신이지만, 지금은 시인이자 대학교수가 되어 있다. 이 두 개의 삶에는 과거와 현재 이상의 어떤 거리가 놓여 있다. 이 거리는 오랫동안, 그리고 지금까지도 맹문재 시의 한 축을 이루고 있다. 그것은 때로 그리움으로 때로 뼈아픈 반성으로 메워지기도 했고 시를 노동에 걸겠다는 서슬 퍼런 다짐으로 당겨지기도 했다. 그러나 이번 시집에서 그 거리는 자기 삶을 정산하는 산수의 대상이 되어 있다. 노동자의 삶은 현재 그의 삶이 아니지만 끊임없이 현재의 삶에 개입한다. 그것은 자기 자신을 가늠하고 점검하는 기준이 된다. 시인은 백일장 심사를 하면서도 "카키색 작업복"(「카키색에 대한 편견」) 쪽으로 기울고, "닮고 싶은 손"(「나는 핸드크림을 바르지 않는다」)이 있어 핸드크림도 바르지 않는다. 하지만 "시를 진실하게 썼다고 주장"할 수는 있어도 "노동자의 길을 철저히 걷지"(「분서」)는 못했다는 거리감이 뼈저리다. 그리하여 이 거리가 위급하다고 여겨질 때 그는 극단의 응급조치를 취한다.

너는 안 돼,

나는 그 거리를 받아들일 수 없어
겨울바람에 흔들리는 나뭇가지처럼 몸부림친다

동백꽃에서 패랭이꽃까지
가로수에서 산마루까지
집 현관문에서 작업장까지
나이테처럼 새겨져 있는 내 몸속의 아득한 거리

교도소의 사이렌 소리처럼 떠오를 때마다
나는 기침을 그치지 못한다
                                          _「거리에 불붙이다」 부분

"너는 안 돼"라는 것은 거절과 배제의 목소리다. 이것은 어떤 '거리'를 확인시켜주는데, 화자는 그 거리를 받아들일 수 없어 괴로워한다. 자격 미달 혹은 입장 불가를 통보하는 이 말은 나의 정체성에 대한 질문이기도 하다. 내가 무엇인가로부터 멀어졌다는 말인데 "나이테처럼 새겨져 있는 내 몸속의 아득한 거리"를 생각할 때 그것은 나이테의 중심일 것이다. '너는 안 돼'라는 말은 과거의 삶 혹은 중심에 두었던 삶으로부터 너무 멀어졌다는 경고와도 같다. 이 경고가 "교도소의 사이렌 소리처럼 떠오를 때마다" 화자는 기침을 한다. 기침은 "내 몸속의 아득한 거리"를 몸 밖으로 뱉어내는 반성의 증세라 할 수 있다. 그러나 이 거리는 쉽게 좁혀질 수 있는 것이 아니다. "추억으로 타협할 수" 있는 것도 아니다. 그리하여 화자는 "응급차를 부르는 심정으로" 거리의 끝에 불을 붙인다. 중심을 위해 바깥을 활활 태워버리겠다는, 지금의 불충한 삶을 소각하겠다는 반성의 절박한 응급처치라 하겠다.

1

밥을 먹다가 놀라 눈을 감았다
숟가락에 나의 생일이 들어 있기도 했지만
그가 예고한 단식일이 천둥소리를 내며
내 손을 내리친 것이다
반찬거리로 먹던 정치인들도
대출이자도 순간 뭉개졌다
죽음의 명분이 밥과 연결되고
희망 지수가 밥으로 올라간다는 사실이
숟가락 속에서 푯대처럼 흔들렸다

2

계승이란 사람에게 돌아가는 일이라고
그의 단식이 생각보다 힘이 셌다
이인삼각의 결단이
결코 권태의 산물이 될 수 없었다

나에게 필요한 창도 방패도 아니라고
당돌하게 착각했던 날들을
절벽 아래로 떨어뜨렸다

노조 가입 신청서를 처음 썼을 때처럼
갈림길을 지나가기로 했다

_「갈림길을 지나가다」 전문

이 시의 화자는 밥을 먹다가 숟가락에서 갈림길을 만난다. 나의
생일에 그의 단식일이 겹쳐지자, 정치인을 씹으며 대출이자를 걱정하
며 오르내리던 숟가락에 천둥소리가 꽂힌다. 무심하게 떠 넘기던 밥
에 "죽음의 명분"과 "희망 지수"가 걸려 넘어가지 않는다. 정치인을
반찬거리로 삼으며 권태에 빠지고 대출이자를 걱정하며 자본의 논리
에 편입될 때, 많은 사람들의 목숨과 희망이 달려 있는 밥의 본질을
잊게 된다. 목숨을 걸어놓고 죽음을 불사하게 하는 것, 희망을 걸어놓
고 삶을 불태우게 하는 것이 밥이라는 사실을 그의 단식일이 일깨워
준다. 수많은 사람들의 밥을 위해 한 사람의 밥을 끊는 단식이, 오직
한 사람을 위해 차려진 생일상의 밥을 내리친다. 그리하여 화자는

'계승'과 '연대'("이인삼각의 결단")의 의미에 대해 다시 생각한다. 위에서 아래로 이어지는 계승과 옆에서 옆으로 이어지는 연대는 모두 "사람에게 돌아가는 일"이다. 우리 시대는 '단식', '계승', '연대'라는 말에 시들해졌지만 사람의 목숨을 걸고 사람에게 돌아가고자 하는 일이 "권태의 산물"일 수는 없다. 화자는 계승과 연대가 "나에게 필요한 창도 방패도 아니라고/당돌하게 착각했던 날들"을 반성한다. 나 하나의 밥그릇을 붙잡고 연대도 필요 없고 계승도 무관하다고 살아왔던 날들을 절벽 아래로 밀어낸다. "노조 가입 신청서를 처음 썼"던 날들로부터 멀어지려 할 때마다, 화자는 그날의 갈림길에 다시 선다. 맹문재 시인은 거리를 점검하는 반성의 힘으로 일상과 안일에 젖은 삶에 매번 첨예한 갈림길을 새롭게 내고 있는 것이다.

2. 시간의 산수

나이를 사유하는 것은 시간을 셈하는 일이다. 나이에는 지나온 기억이 새겨져 있고 지금의 생활이 물결치고 있으며 다가올 시간이 예고되어 있다. '나이'라는 말에서는 생활의 냄새가 강하게 풍긴다. 해가 바뀔 때마다 하나씩 더해지는 숫자에는 수많은 기억과 생활과 감정 들이 촘촘히 주름져 있기 때문이다. 그러나 스스로 차곡차곡 쌓아왔음에도 불구하고 언제나 내 나이는 낯설다. 나이가 요구하는 것과 실제의 현실 사이에는 항상 간극이 존재한다. 맹문재 시인이 이번 시집에서 다루고 있는 가족 이야기에는 이 간극 앞에서의 당황이 드러나 있다. 시인은 "열한 살 아이"를 수술실에 들여보내놓고 이 아득한 길이 "나 혼자 걷기에는 너무 멀다고", 식구들로도 부족해 하나님과 부처님까지

수술실에 밀어 넣는다(「하나님의 등을 떠밀다」). 시골로 가시려는 어머니
를 "하루 종일 양계장의 닭처럼" 집 안에 가둬놓고는, 가장 노릇을 한
답시고 철없이 설쳐댄다(「어머니를 울리다」). "여든 살 아이가 되어 큰아
들에게 이르"시는 아버지 앞에서 무능력한 자신을 깨닫는다(「아버지가
이르신다」). 듬직한 아버지에 의젓한 아들, 심지어는 아버지의 아버지
까지 되라는 나이의 요구가 시인에게는 벅차다. 그러나 어느 때보다도
자신의 나이가 무겁게 다가오는 순간은 스스로의 실존과 대면할 때일
것이다. 시간이 그동안 네 것이라 착각했던 것들을 다 내놓으라고 덤
비는 순간을, 시인은 '검은 개'와의 맞닥뜨림으로 형상화한다.

2

몇 발짝 옮겼는데
고무딸기보다 검은 개 한 마리가
도둑을 잡았다는 듯 막아섰다
딸기 하나 따먹고 도둑놈 취급을 받기에는 억울했지만
송아지만 한 개를 이길 수는 없었다

3

어느덧 날이 저물어오고 있었다

나는 개에게 붙잡힌 채 고무딸기를 내뱉고 있었다
                                        _「오십 세」 부분

127

주택가 골목을 지나다가 고무딸기 한 개를 따먹었을 뿐인데, "산길과 바위와 벌레와 이슬의 향기"를 잠시 음미했을 뿐인데, 화자는 골목을 막아선 검은 개 앞에서 졸지에 도둑놈이 되었다. "송아지만 한 개"를 어찌 이기겠는가. 날은 저물어오고, 화자는 어쩔 수 없이 입에 넣었던 고무딸기를 뱉어내고 있다. 시인은 이 동화 같은 이야기에 '오십 세'라는 제목을 달아놓고 있다. 그러니 저 무자비한 검은 개를 '시간'으로 읽을 수밖에. 지난 세월 화자는 남의 집 정원의 "고무딸기 한 무더기"에서 단 한 개의 딸기를 따먹고 인생의 맛과 향기를 조금 알았다. 그러나 "몇 발짝 옮"기기도 전에 향기는 사라지고 시간은 이미 삼켜버린 딸기마저 가져가겠다고 막아선다. 시인에게 나이 오십은 바로 그 억울하고 당황스런 순간과도 같다. 지나온 삶에서 얻은 것도 누린 것도 별로 없어 억울한데, 세월은 야속하게 그나마도 다 뱉어놓고 가라고 길목을 지킨다. 마지막 문장은 시간의 요구를 거절할 수 없는 나이, 날이 저물도록 비워낼 일만 남은 나이 '오십'의 쓸쓸한 실존을 하나의 장면으로 요약해주고 있다.

시간을 이길 수 없음을 알게 되면 찬찬히 시간을 읽게 된다. 시인은 "시간을 읽으면/심장에 좋다고 생각한다"(「시간을 읽으면」). 시간을 읽는다는 것은 인생의 행간을 살펴 "수평선을 넘는 데 필요한 나침반"을 마련하고 "내가 도착할 역"을 떠올리는 것이다. 그럼으로써 "심장을 악화시키는 기운을 썻어내고/열차 바퀴를 힘차게" 돌릴 수 있다. 그러나 시간을 읽는 것이 긍정적인 결과만 가져오는 것은 아니다. 일상에서 지치지 않고 심장을 뛰게 할 수는 있겠지만, 그것은 자칫 시간에 길들여지는 일일 수도 있다. 시인은 여전히 혁명의 시간과 생활의 시간 사이에서 갈등한다.

나는 여전히 서점에서 혁명의 책들을 골라 오지만

읽지 않는다

텔레비전이나 인터넷에 재미를 들여서도

주식이나 부동산 투기에 몰두해서도 아니다

나는 화투에 중독된 노름꾼처럼 시간을 뒤적이느라

책을 읽지 않는 것이다

시간에 빠진 나는

시간을 보고 시간을 듣고 시간을 추종하느라 정신이 없다

오늘도 시간은 온화한 목소리로

용서하는 마음을 가지라고

더도 말고 덜도 말고 그림자만큼 제자리를 지키라고

불행을 예방주사처럼 맞으라고

내게 기도하듯 들려준다

나는 시간의 당부를 들을 때마다

역정조차 못 내는 진폐 환자가 될 것이라는 생각이 들어

내팽개친 책을 잡는다

그렇지만 시간의 얼굴은 호수보다 넓고 부드러워

또다시 포기하고 만다

칼끝처럼 서 있던 나의 고집은

배부른 아기처럼 잠드는 것이다

나는 언제까지 혁명의 책들을 골라 올 것인가?

　　　　　_「나는 언제까지 혁명의 책들을 골라 올까?」 전문

"혁명의 책"은 "부정의 가치를 운명으로 받아들인"(맹문재, 「1980년대

에 대하여」,『책이 무거운 이유』, 창비, 2005) 시인의 이데올로기다. 그러나 혁
명의 시대는 가버린 지 오래고, 혁명의 가치는 책 속에 수장되었다. 그
럼에도 불구하고 시인은 여전히 혁명의 책들을 골라 오지만 읽지는 않
는다. 시간에 중독되었기 때문이다. "시간을 보고 시간을 듣고 시간을
추종하느라 정신이 없"는 생활은 자본주의적 삶의 가장 큰 특징이다.
혁명의 시간이 질적인 단절과 비약의 시간이라면, 자본의 시간은 양적
인 연속의 시간이다. 자본주의는 시간을 잘게 쪼개고 양화하여 그것의
양적 축적에 상품 가치를 매긴다. 그래서 아무리 시간에 충실해도 시
간은 부족할 수밖에 없다. 모든 가치 판단을 중지한 채 시간에 쫓기고
생활에 지는 것이 현대인의 일상이다. 그렇기 때문에 역설적으로 "시
간의 당부"는 위로가 된다. "용서하는 마음을 가지라"는, "그림자만큼
제자리를 지키라"는, "불행을 예방주사처럼 맞으라"는 시간의 목소리는
"칼끝처럼 서 있던 나의 고집"을 다독여준다. 그리하여 시간의 당부를
들을 때마다 시인은, 폐에 먼지가 쌓인 소시민이 될 것이라는 우려와
너그럽고 온화한 사람이 되고 싶다는 소망 사이에서 주춤거린다. 사실
시인의 갈등은 혁명의 시간과 생활의 시간 사이에서 비롯되는 것이 아
니다. 문제는 시간의 일상성이다. 시인은 주인의 삶과 노예의 삶의 두
얼굴을 한 시간을 놓고 오십의 나이를 치열하게 시험하는 중이다.

3. 습관의 산수

이번 시집의 화두가 되는 시어 중 하나는 '습관'이다. 습관은 오
랫동안 되풀이하는 과정에서 저절로 몸에 쌓여온 것이다. 그것은 지
나온 삶이 현재에도 효력을 발휘하고 있는 시간의 축적물이라 할 수

있다. 그러므로 습관의 기원과 배경과 중상을 분석하는 것은 지금의 나를 점검하는 수단이 된다. 특히 맹문재 시인이 집중적으로 분석하고 있는 것은 '모기 사냥'의 습관이다.

> 나는 이 습관을 만들도록 한 순간들을 기억한다
> 그리하여 위엄 있는 자세가 못 된다고 할지라도
> 대적하고 있는 순간, 물러설 수가 없다
>
> 너를 죽이고 내가 일어선다고 하더라도
> 나의 그림자를 바꿀 수는 없겠지만
> 이 순간을 놓치면
> 길모퉁이에서 엎어지는 것이다
>
> 너를 노려보고 있는 동안
> 태풍이 번개처럼 쳐도
> 연체이자의 독촉이 해일처럼 몰려와도 상관없다
> 습관을 쌓는 나의 고집을
> 버릴 수 없는 것이다
>
> _「모기 앞에서」 부분

모기 앞에서 "물러설 수 없다는 자세"를 취하는 것은 오랜 습관이다. 화자는 "이 습관을 만들도록 한 순간들"을 기억한다고 말한다. 모기 한 마리를 잡기 위해 전력을 다하는 것은 우스운 일일 수도 있지만, 이 사소한 습관에는 "꿈속에서까지 두려워하며 쌓은" 시간들이 축적되어 있다. 그 시간의 흔적은 모기를 잡겠다는 '목표'가 아니라 모기 앞에서 취하는 '자세'에 새겨져 있다. 모기를 노려보고 대적하는 자세, 결코 "위엄 있는 자세"가 못 되는 그것은 세상에 치이는 동안 체득한 일종의 생존 전략이다. 그의 생존 전략은 무언가를 얻겠다는 공격적인 것이 아니라, 적어도 최소한의 것을 뺏기지 않겠다는 방어적인 것이다. 모기 한 마리 죽이고 일어선다 해도 "나의 그림자"조차 바꿀 수 없는 것이다. 하지만 모기와 대적하는 이 순간을 놓친다면 "길모퉁이에서 엎어지는 것"이나 마찬가지다. 시인은 피를 빨아 먹는 작은 모기하고도 사투를 벌여야 하는 세상, 그 짧고 사소한 한순간도 긴장을 놓쳐서는 안 되는 세상을 거쳐왔다. 모기를 사냥하는 습관은 그 세상에서 큰 대가를 치르고 익힌 전략이다. 그것은 "하늘과 대지와 영혼을 닮지 않은 배역을 맡으면서/그 길에 배신당하면서/쌓은 것"(「살생」)이다. 시인은 이 "피가 묻은 위안"을 거절하지 않는다.

모기의 피를 보는 습관은 도덕적으로 지탄받을 만하거나 타인에게 해를 끼치는 악한 행위는 아니다. 그것은 도덕의 문제가 아니라 소위 '순수의 타락'이라는 자기 윤리의 문제다. "손바닥을 적신 모기의 피"는 "별빛"을 가리고 "남촌에서 불어오는 봄바람"(「살생」)을 막는다. 하지만 하늘과 대지와 영혼을 배신했다는 죄책감의 다른 한편에는, "세상이 속인 만큼 나를 속이지는 않았다"(「서시 앞에서」)는 위안이 있다. 이 죄책감과 자기 위안의 이중적 감정이 「못 꿈」이라는 시에 잘 드러나 있다.

　　양 발바닥은 못투성이
　　어떤 못은 발등까지 올라와 있었다
　　나는 손가락을 못뽑이 삼아
　　이를 잡듯 하나씩 뽑기 시작했다
　　손댈 때마다 겨울바람을 맞는 얼굴처럼 따가워도

수박을 먹는 것처럼 시원했다
뽑아놓은 못마다 피가 묻어 있었지만
나를 문 모기를 잡았을 때처럼 후련했다
피를 무서워하지 않다니, 나는
보리밭으로부터 멀어져 있구나
보리밭 끝에서 뻐꾸기 소리가 들려왔지만
나는 못을 계속 뽑았다
어느덧 손은 피범벅이고
얼굴에도 피가 묻었다
맨발로 못을 밟고 온 나를
맨손으로 못을 뽑고 있는 나를
누가 무시할 수 있겠는가
나는 맨발로 걷기 시작했다

_「못 꿈」 전문

　　이 시에서 '못'은 두 가지 의미로 쓰이고 있다. 그것은 발바닥에
생긴 굳은살이기도 하고 가늘고 뾰족한 모양의 쇠못이기도 하다. 발
바닥의 못은 잦은 마찰과 압력으로 인해 단단해진 살이지만, 세상이
꽂아 넣은 날카로운 못이기도 하다. 그러므로 못투성이 발바닥은 세
상에 찔리고 상처 받으면서도 꿋꿋하게 버텨온 삶의 증거다. 화자는
손가락으로 발바닥의 못을 뽑으면서 피를 본다. 못이 하나씩 뽑혀 나
올 때마다 따가운 통증이 동반되지만, 한편으로는 시원하고 후련하
다. 못을 뽑는 습관은 세상으로부터 받은 오늘의 상처를 일일이 확인
하는 일이기도 하고, 내일의 못을 받아내기 위해 다시 상처받을 빈자
리를 마련하는 일이기도 하다. 그것은 마치 하루의 수입을 정산하고

내일을 준비하는 장사꾼의 태도와도 같다. 피를 보는 것은 이제 하루 치 장사를 마무리하는 것처럼 당연한 일상이 되었다. 화자는 더 이상 발바닥의 못과 세상의 못을 두려워하지 않게 된 것이다. "피를 무서워하지 않"는 것은 "보리밭으로부터 멀"어졌다는 증거다. 보리밭 끝에서 들려오는 뻐꾸기 소리는 피범벅의 속물이 다 됐다는 죄책감을 불러일으킨다. 하지만 화자는 못 뽑기를 멈추지 않는다. 피를 무서워하지 않는 것은 보리밭 같지 않은 세상을 가장 정직한 수단인 피로써 살아냈다는 반증이기도 하기 때문이다. "맨발로 못을 밟고 온 나를/ 맨손으로 못을 뽑고 있는 나를/누가 무시할 수 있겠는가"라는 화자의 말에는 그런 당당함과 자부심이 들어 있다. 이 시의 제목 '못 꿈'은 고통스럽고 아픈 세상을 맨발로 못 박히며 걸어온 자에게 간신히 허락되는 것이 꿈이라는 사실을 말해준다.

습관을 유지하는 것은 "말라리아가 겁나서"도 아니고 "위축된 나를 탈출시키려는"(「이분법에 대하여」) 것도 아니고, 단지 이분법이 두렵기 때문이다. 자기 자신에 대해 고민하면서 이분법에 빠지는 것은 사이비 고민이 되기 쉽다. 그렇기에 맹문재 시인은 나 하나를 결곡하게 품기 위한 해법을 습관에서 찾는다. 습관은 노동자와 지식인, 옳고 그름, 이데올로기 등의 이분법과 무관하다. 그것은 속물과 생활의 위험 전선에 아슬아슬하게 자리하고 있지만, 시간에의 충실과 고독한 몰두를 통해 힘겹게 지켜온 것이다. 그러므로 "땅에 뿌리박는 바위처럼/ 습관을 공고히 하려는 것"(「이발소에 가는 이유」)은 풍랑 가운데 자신을 의지할 수 있는 섬, 최후의 자기를 지켜내는 최소한의 산수를 마련하는 일이다. 이 최소한의 산수를, 김수영의 한 산문에 기대어, "자폭(自爆)을 할 줄 아는 속물", "거룩한 속물"의 산수라 부르자.

버스를 타고 집으로 가는데 한 승객이 운전사에게 시비를 걸기 시작했다.

운전사도 지지 않고 응수했지만, 마흔의 나이라고 밝힌 승객에게 위협당하고 있었다.

곧 폭행이 일어날 것 같았다.

그런데도 사람들은 못 본 체했다.

할 수 없이 내가 나서서 한마디 했다.

그러자 기다렸다는 듯이 아줌마 아저씨 들도 그 승객을 나무랐다.

승객은 아주 못마땅한 표정으로 나를 쏘아보았지만, 사람들에게 밀려 할 수 없이 물러섰다.

그가 흉기라도 꺼내 들고 덤비면 어쩌나 겁이 났지만, 나는 아직 젊다고 생각했다.

세 번째 시집 이후 칠 년 만에 내는 시집 원고를 출판사에 넘기는 이 새벽의 기분도 그러하다.

나는 아직 젊다, 역사를 생각하자.

손택수 대표를 비롯한 실천문학 가족들에게 윤슬 같은
고마움을 전한다.

2012년 초겨울
맹문재